La llamada de La Habana

Lourdes Miquel y Neus Sans

La llamada de La Habana

DIFUSIÓN
Centro de Investigación y Publicaciones de Idiomas, S.L.
C/ Trafalgar, 10, entlo. 1ª – 08010 Barcelona
Tel: 932680300 / Fax: 933103340
editorial@difusion.com / www.difusion.com

Serie:
«Lola Lago, detective»

Título:
La llamada de La Habana

Autoras:
Lourdes Miquel y Neus Sans

Redacción:
Roberto Castón

Diseño:
Angel Viola

Ilustración:
Javier Andrada

Grabación y edición CD:
CYO Studios

2006 2007 / 5 4

Versión internacional:
ISBN-10: 84-8443-105-3
ISBN-13: 978-84-8443-105-3
Depósito Legal: B-9.192-2003

Versión alemana:
ISBN-10: 3-12-561690-5
ISBN-13: 978-3-12-561690-5
Depósito Legal: B-41.792-2006

Versión con CD:
ISBN-10: 84-8443-132-0
ISBN-13: 978-84-8443-132-9
Depósito Legal: B-9.185-2003

Impreso en España por Torres Associats, S.L.

En esta historia vas a conocer a estos personajes:

Lola Lago: es jefa de una agencia de detectives en Madrid. Tiene un nuevo caso para solucionar.

Paco: trabaja con Lola Lago. Es su socio y también su amigo.

Miguel: es el otro socio de Lola. Los tres son detectives.

Margarita: es la secretaria de Lola, de Paco y de Miguel.

Alberto Sanjuán: es un viejo amigo de Lola. Necesita su ayuda porque han asesinado a su jefe y la policía cree que ha sido él.

Digna: trabaja para el Sr. Zabaleta. Todos los días limpia las oficinas.

Carmela: es una vieja amiga y vecina de Lola. Le gusta invitar a cenar a Lola a su casa, porque la pobre tiene tanto trabajo que ni se acuerda ni de comer.

Blanca Fanjul: es la secretaria personal del Sr. Zabaleta.

Sra. Zabaleta: han asesinado a su marido mientras estaba de vacaciones en Cuba.

Inspector Gil: es un inspector de policía de Madrid. No le gustan las mujeres detective.

1

Todo empezó un miércoles por la mañana. Yo estaba en mi oficina, en la agencia de detectives privados. Sonó el teléfono y Margarita, la secretaria, respondió de mal humor. Margarita siempre se pone de mal humor cuando suena el teléfono y no es Tony, su novio, su gran amor.

–Lola, una llamada para ti, de «Publimasen» o «Publimagen» o algo así –dijo al pasarme la llamada.

–¿Lola Lago? –preguntó una voz conocida.

–Sí, soy yo, ¿con quién hablo? –pregunté yo.

–Soy Alberto.

–Perdona, ¿Alberto qué? Ahora mismo no...

–Alberto Sanjuán.

Alberto es un antiguo novio mío, de cuando éramos estudiantes. Él estudiaba Arquitectura y yo, Derecho. Ahora es un importante ejecutivo. Trabaja en una empresa de publicidad.

–¡Alberto, hombre! ¿Qué tal? ¿Qué es de tu vida?[1]

–Bien, bien , bien...–dijo nervioso–. Mira, Lola, la verdad es que te llamo como amiga pero también como detective. Te necesito. Ha pasado algo horrible: han asesinado a mi jefe.

–¿Al director de la agencia de publicidad?

–Sí, a Ignacio Zabaleta. Parece que fue anoche. ¿Puedes venir ahora mismo?

–Sí, sí puedo. ¿Dónde estás?

–Aquí en la agencia, en «Publimagen». Paseo de La Habana, 5.

–Voy para allá. ¿Ha llegado ya la policía?

–Sí. Esto está lleno de policías.

–Bueno, pues, hasta ahora.

–Gracias, Lola. ¿Sabes...? La policía cree que yo... Bueno, nada, luego te explico.

Alberto Sanjuán, mi viejo amigo, estaba asustado. Y Alberto no se asusta fácilmente. Lo conozco muy bien.

2

–Margarita, me voy –dije poniéndome el abrigo–. Si me necesitáis, estoy en «Publimagen».

–¿En qué número?

–Ni idea. Búscalo en las páginas amarillas[2].

–¿A qué hora vuelves?

–No sé. Quizá no vuelvo.

–Es que el Sr. Ramales viene a las doce y media...

–Pero van a venir Paco y Miguel, ¿no?

Paco y Miguel son mis socios. Paco es un gordito simpático al que le gustan sobre todo dos cosas: el chocolate y las chicas guapas. Por este orden. Miguel, en cambio, es un tímido terrible. Es un hombre muy atractivo pero él no lo sabe. Y, cada vez que va a salir con una chica, se pone enfermo, o eso dice él. En el fondo, son dos chicos estupendos.

–Miguel está en la cama con fiebre y Paco se ha ido a pasar la mañana a El Escorial[3] con una amiga americana –me explicó Margarita.

–¡Vaya por Dios! Llama a Ramales y dile que venga esta tarde, o mañana... ¡O nunca! Total, no encontramos a su mujer...

–¿Qué?

–Que no encontramos a su mujer. El Sr. Ramales nos ha contratado para buscar a su mujercita. La Sra. Ramales se fue de casa el jueves pasado con todas sus joyas y seis millones de pesetas.

–¡Pobre...!

–¿Ramales? ¡Bah...!

–No, Ramales, no. Su mujer. Actualmente seis millones no es nada.

Margarita tiene a veces unas ideas un poco especiales.

3

Salí a la calle. Hacía frío ese miércoles 17 de marzo. En Madrid hace mucho calor en verano y bastante frío en invierno. A mí no me gusta nada el invierno.

Fui a buscar mi vieja moto, mi vieja Vespa. Intenté ponerla en marcha. Nada. Cuando hace frío, no quiere ponerse en marcha. Es como yo. Tampoco le gusta el invierno.

A esa hora aún no había ni un taxi por la calle Alcalá[4], donde está nuestra oficina. Y yo tenía ganas de llegar a «Publimagen» y poder hablar con el pobre Alberto. Yo también estaba un poco nerviosa. Siempre me pasa cuando empiezo un nuevo caso. Y éste era un caso importante: el asesinato de un conocido ejecutivo madrileño.

Por fin paró un taxi.

En la Castellana[5] a esa hora había mucho tráfico. Media

hora después el coche se paró delante de un lujoso edificio de oficinas. En la puerta había varios coches de la Policía Nacional[6].

–¿A dónde va, señorita? –me preguntó un policía.

–A «Publimagen». Soy detective privado y la empresa me ha contratado.

–Yo no puedo dejar entrar a nadie –dijo él.

–Pues yo tengo que entrar.

Estaba empezando a ponerme nerviosa.

–¡Sánchez! Ve a buscar al sargento.

El cabo habló con el sargento, el sargento con el teniente, el teniente con el inspector[7], etcétera, etcétera. Por fin, a la una, entré en «Publimagen». Alberto estaba en la entrada.

–Perdona, chico, el tráfico y esos policías de ahí fuera que no me dejaban entrar...

–No te preocupes, pasa, pasa.

Entramos en un despacho muy elegante: sofás de cuero, una mesa de cristal, italiana seguramente, y cuadros muy caros en las paredes. Un Tápies, un Miralles, un Arroyo y una litografía de Miró[8]. «Publimagen» era realmente una empresa muy importante, la agencia de publicidad más importante del país, según algunos.

–Emma, por favor, que no nos moleste nadie –dijo Alberto a una chica sentada junto a la puerta de su despacho.

Al fondo de un pasillo había muchos policías. En ese momento salió un fotógrafo.

«La oficina de Zabaleta», pensé yo.

4

–Cuéntamelo todo, con todos los detalles. Todo puede ser importante

–Sí, claro, claro –dijo pensativo Alberto–. No sé por dónde empezar...

–¿Cuándo lo han encontrado?

–Esta mañana. Su secretaria, Blanca Fanjul, ha llegado a las nueve. La puerta de la oficina de Zabaleta estaba cerrada con llave por dentro. Ha llamado y no ha respondido nadie. Ha pensado que era un poco raro y ha venido a pedirme la llave. Y...

–¿Quién tiene esa llave?

–Sólo yo. Y Zabaleta, claro. Él tenía dos. Una la ha encontrado ya la policía. La llevaba en el bolsillo. La otra..., la tenía en casa, supongo.

–Bien, sigue, sigue.

–Blanca ha abierto y... Y allí estaba. Muerto.

–¿Cómo?

–¿Qué?

–Que cómo ha muerto.

–Un tiro. La pistola estaba sobre la mesa, al lado de su mano.

–¿Suicidio?

–La policía cree que no. Otra cosa: piensan que murió entre las ocho y las once.

–¿Sabes si la policía ha encontrado alguna otra cosa importante? Algún objeto, alguna pista...

–Sí, una carta, una carta de despido.

–¿Para quién?

–Para mí. ¿Entiendes ahora por qué estoy tan nervioso?

–Calma, tranquilo, Alberto. Todo se aclarará. ¿Tenías problemas con él?

–No, ningún problema. Bueno, Zabaleta era una persona difícil. Tenía bastante mal carácter y era muy exigente pero... bueno, nosotros dos trabajábamos bien juntos, creo yo. No tenía ninguna razón para despedirme.

–¿Estás seguro?

–Sí, segurísimo.

–¿Dónde estaba la carta? –pregunté yo.

–En uno de los cajones de su mesa.

–¿Ha pasado algo especial en la agencia últimamente? ¿Algo raro...?

–Especial, no. Tenemos mucho trabajo. Y un trabajo muy importante: la campaña electoral de Alfonso Juárez.

Alfonso Juárez es el líder de un nuevo partido de centro derecha. Es un partido pequeño todavía pero mucha gente piensa que pronto va a ser un partido importante.

–En ese tema, Zabaleta y yo no estábamos de acuerdo –continuó Alberto.

–¿Por qué?

–Ya sabes, la política es muy complicada y.... Bueno, a mi no me gustan ni Juárez ni su partido. Creo que no es bueno para la agencia trabajar para ellos.

En ese momento sonó el teléfono. Era Emma, la secretaria de Alberto. El inspector Gil quería hablar con él. Me quedé sola en la oficina y pude mirarlo todo tranquilamente: era la típica oficina de un *yuppie*[9] madrileño. No había fotos de niños sobre la mesa. «¿No se habrá casado?», me pregunté. ¡Hacía tantos años que no nos veíamos...! No sabía nada de su vida.

5

Unos minutos después, Alberto volvió.

–Háblame un poco de Zabaleta –le dije–. ¿Edad?

–Unos cuarenta y ocho o cuarenta y nueve.

–¿Casado?

–Sí. Su mujer es María Victoria Villaencina.

–¿La que a veces sale en *Hola*[10]?

–Sí. Una mujer muy...

–¿Muy qué?

–No sé cómo decirlo... Muy especial. Muy inteligente, muy elegante... Es hija del Marqués del Carpo, ya sabes...

–No, ni idea, sólo leo *Hola* en el dentista y en la peluquería.

–Bueno, pues eso, es una aristócrata, pero de la aristocracia pobre.

–¿Qué tal iba el matrimonio? ¿Problemas?

–No sé, quizá. Ignacio y yo no hablábamos de cosas personales.

–¿Cuándo puedo hablar con ella?

–¿Con la mujer de Zabaleta?

–Sí.

–No ha llegado todavía. Cuando llegue a Madrid, supongo.

–O sea que estaba fuera...

–Estaba de vacaciones en Cuba, en La Habana. Llega esta noche, creo. Ella fue la última persona que habló con Ignacio Zabaleta. Le llamó anoche desde la Habana, a las nueve y media, hora española. Allí en La Habana, eran las tres y media.

–¿Y tú? ¿Dónde estuviste anoche desde las ocho hasta las once?

–A ver...

Alberto intentaba ordenar sus recuerdos.

–Salí de aquí a las siete, fui al supermercado de El Corte Inglés[11] a comprar unas botellas de cava[12]. Por la noche estaba invitado en casa de unos amigos y quería llevarles algo[13]. Luego, me fui a casa. Había mucho tráfico y tardé mucho. Es que vivo en Pozuelo[14], ¿sabes?

–No, no sabía –dije pensando que efectivamente no sabía casi nada del Alberto actual.

–Llegué a casa sobre las nueve o nueve y media. Estuve un rato en casa y sobre las diez, fui a casa de esos amigos.

–O sea que entre las siete y las diez no tienes ninguna coartada... ¿Estuviste todo el rato solo?

–Sí.

Pensé que eso no era nada bueno para Alberto, pero no dije nada. Despedido por Zabaleta, sin coartada entre las siete y las diez, candidato a ser el futuro director de «Publimagen»... Iba a ser difícil demostrar que era inocente.

–Algo más? ¿Algo que pueda ser interesante?

–Sí, un anónimo.

–¿Una carta?

–Sí, Zabaleta recibió una carta muy extraña hace dos o tres días. La carta decía que teníamos que dejar la campaña electoral de Alfonso Juárez, que si no lo hacíamos, matarían a alguien.

–¿Qué raro, ¿no?

–Sí, es muy raro.

–¿Puede ser una asesinato político?

–Ni idea. Pero hay algo más: la policía cree que esa carta se escribió con mi ordenador.

–¿Cómo que con tu ordenador?

–No sé, no sé... Lola, yo no entiendo nada de lo que está pasando. ¿Qué voy a hacer? –dijo desesperado.

¡Pobre Alberto! Yo sí lo entendía: alguien quería verle en la cárcel, alguien que había matado a Ignacio Zabaleta. Pero, ¿quién?

6

Volví a la oficina después de intentar animar a Alberto. Margarita, como siempre, estaba hablando por teléfono con su novio.

–Perdona, mi amor, un segundo. Sí, sí, ahora mismo te llamo, cariño... –dijo Margarita colgando el teléfono al ver mi mirada asesina.

–¿Ha pasado algo? ¿Qué son esas flores?

Encima de una mesa había un enorme ramo de flores.

–Las ha mandado el Sr. Ramales. Está muy contento. Dice que somos los mejores detectives de Madrid.

–¿Nosotros?

–Sí. Ha dejado un cheque de ciento cincuenta mil pesetas y las flores.

–¿No me digas! ¿Y eso?

–Su mujer ha vuelto.

–Pero nosotros no hemos hecho nada...

–Es lo que yo decía: seis millones es muy poco.

No dije nada. Tomé una rosa y me la llevé a mi despacho.

7

A las dos y media sonó el teléfono.

–Lola, Paco por la línea dos.

–¡Hombre! ¿Qué tal por El Escorial? –le dije con toda mi ironía.

–Bien, muy bien...

–¿Y tu americana?

–¿Qué americana?

–La chica, «tu» turista americana...

–Ah, Lulú. Es canadiense.

–¿Y los canadienses no son americanos?

–Bueno, sí claro... Se va a París esta noche.

–Hombre, qué pena. Pero así puedes venir algún día a la oficina, ¿no te parece?

–¿Te he dicho ya que el padre de Lulú tiene una fábrica de bombones en Montreal?

–No me digas... O sea, que es la mujer de tu vida.

–Venga, nena, no te pongas así... Además, estos días no tenemos ningún cliente.

–Primero, no me llames «nena»[15]. Y, segundo, sí tenemos un cliente. Tenemos el caso más importante de la historia de esta maldita agencia: el asesinato de Ignacio Zabaleta, el director de la agencia de publicidad más importante de España.

–¿Sí? ¿Nosotros? ¿Por qué nosotros?

–Nada, cosas mías...Tengo que hablar contigo. ¿A qué hora vas a venir?

–Ahora mismo. Voy enseguida para allá.

–Te espero.

–Nena... No estás enfadada, ¿verdad?

–No. Pero no me llames nena, ¿vale? –respondí yo y colgué.

Es horrible: no me puedo enfadar con Paco. Aunque se vaya a El Escorial con guapas canadienses fabricantes de chocolate.

8

Al rato llegaron mis dos socios, Paco y Miguel. Paco, comiendo bombones «made in Canadá», naturalmente.

En unos minutos les expliqué todo lo que yo sabía del caso Zabaleta: quién era Alberto, quién era Ignacio

Zabaleta, la puerta cerrada con llave de la oficina, la carta de despido, el anónimo,...

–Y eso es todo lo que sabemos –terminé diciendo.

Los tres nos quedamos callados un momento. Los tres sabíamos que era un caso importante y, probablemente, difícil.

–¿Por dónde empezamos? –preguntó Paco con la boca llena de chocolate canadiense.

–Hay que hablar con todos, con la secretaria... ¿Cómo has dicho que se llama? –dijo Miguel.

–Blanca Fanjul –dijo Paco.

–Eso, con Blanca Fanjul, con la mujer, con los otros empleados de «Plublimagen»...

–Quizá también con el político, con Juárez –añadió Paco.

–Yo sé cómo llegar hasta él. Un compañero mío de la Universidad es su asesor de imagen –dijo Miguel.

–¡Caramba! ¡Qué compañeros de Universidad tan importantes tenéis! –dijo Paco comiéndose otro bombón.

–Entonces tú, Miguel, te ocupas de Juárez y su partido. ¿Y tú Paco?

–Yo puedo hablar con el Inspector Gil. Lo conozco un poco. No es mala persona pero no le gustan las «detectivas» –dijo Paco mirándome a mí.

–El clásico machito español, vaya.

–Eso.

–Pues, vale, de acuerdo, habla tú con él. Será lo mejor.

–Hay que saber que ha dicho el médico forense. Tenemos que saber a qué hora murió y si fue o no un suicidio. Yo voy a hablar con la secretaria, con Blanca Fanjul, y con la mujer de Zabaleta –dijo Miguel.

–La rica heredera... –comentó Paco.

–Mucho dinero, ¿no? –añadió Miguel.

–Sí, muchísimo. Y un seguro de vida muy alto, según me ha dicho Alberto –dije yo.

–¿Crees que puede haber sido la mujer? –preguntó Miguel.

–Estaba en La Habana...

–¿Seguro?

–Creo que sí.

–Tengo una idea –dijo Paco de pronto–. Yo tengo una amiga en La Habana, una bailarina: Ifigenia López. ¡Qué mujer! Inteligente, guapa...

–¿Fabricante de chocolate? –pregunté yo.

–No, eso no. La conocí el pasado año cuando estuve de vacaciones en Cuba[16].

Paco suspiró. Se pone romántico cuando se acuerda de alguno de sus amores.

–Vale. Entonces tú, Paco, te pones en contacto con la bailarina cubana...

–Ifigenia.

–Eso, con «tu» Ifigenia.

–Seguro que puede ayudarnos.

9

Luego, como muchos días, fuimos a comer al restaurante de la esquina. Dan el típico menú de restaurante barato; aquél día, cocido o acelgas, de primero, bistec o pollo, de segundo, y flan o helado. Bebida y pan, incluidos. Y todo por setecientas cincuenta pesetas[17]. No es caro y es cocina casera, hecha por la patrona, doña Casilda, casi para los clientes. Después de comer, los tres nos pusimos a trabajar. Yo volví a «Publimagen». Quería hablar con Blanca Fanjul, la secretaria de Zabaleta.

Blanca no estaba en «Publimagen» pero Alberto, sí. Parecía cansado y muy preocupado.

–Alberto, ¿puedo ver el despacho de Zabaleta?

–Claro, si puede ser útil...

–Todo puede serlo.

–Ven por aquí.

Al final de un pasillo, había una gran puerta. En la puerta una placa dorada: I. Zabaleta, DIRECTOR. Los dos entramos en silencio. Para los dos no era un momento agradable.

De pronto, en el suelo, algo me llamó la atención: un pequeño punto que brillaba. Fui a recogerlo: era un brillante no muy grande.

–¿Qué es eso? –me preguntó Alberto.

–No lo sé –respondí yo.

Saqué del bolso un pañuelo para guardarlo. Entonces no sabía que era muy importante.

–La policía no lo ha visto... ¿Vas a dárselo?

–De momento, no. Primero quiero saber de quién es y desde cuándo está aquí. ¿A que hora limpian la oficina?

–Normalmente sobre las siete, creo. Ayer no sé... Como Zabaleta estaba trabajando... Podemos preguntárselo a Digna, la señora de la limpieza. Me parece que hoy ya ha llegado. Vamos.

10

Digna era una mujer bajita pero fuerte, con aspecto de mujer del campo. Hablaba despacio y con mucho acento gallego[18].

–Digna, esta señorita quisiera hacerle unas preguntas... –le dijo Alberto amablemente.

–Usted dirá –respondió ella.

–¿A qué hora limpió usted el despacho del Sr. Zabaleta?

–¡No seré yo sospechosa! –respondió Digna como lo hacen en las películas de la televisión.

–No, mujer, por Dios...

–Ah, bueno. Pues verá... Normalmente el Sr. Zabaleta se iba a las siete, más o menos, y yo limpiaba a las siete y cuarto, siete y media, según. Pero ayer él estaba trabajando y...

–¿No limpió?

–Sí, verá: es que el Sr. Zabaleta, que en paz descanse[19], era muy bueno. Muy bueno, muy bueno. Un señor de verdad, un caballero. Y tan amable... ¿Quién habrá sido? No lo entiendo.

Yo empezaba a ponerme nerviosa. Digna hablaba realmente muy despacio. Y mucho.

–Pero Digna, ¿limpió o no limpió la oficina?

–Ah, eso... ¡Sí...!

–¿A qué hora?

–A las siete y cuarto, como siempre. Él me dijo: «Pase, pase, Digna, no me molesta». Todo un señor, de verdad. «Se ha caído un cenicero y esto está horrible», me explicó luego. «Puedo venir más tarde, Sr. Zabaleta», le dije yo. «Nada, nada, mujer. Yo voy a tomarme un cafetito y vuelvo. Mientras, usted limpia un poco esto», dijo él.

–O sea que limpió...

–Sí, sí. Pasé el aspirador, quité el polvo... El Sr. Zabaleta era un señor de verdad y muy limpio. Sí señor, muy limpio. ¡Qué crimen tan espantoso!

Otra frase oída en la televisión.

–Vamos un momento a la oficina, ¿quieren? –les dije yo entonces.

Los tres entramos de nuevo en el lugar del crimen.

11

–Digna, vamos a ver, haga memoria. Es importante. ¿Limpió bien esta alfombra?

Era la alfombra donde yo había encontrado el brillante.

–¿Cómo? Señorita, yo siempre limpio bien. Para eso estoy, ¿no? –me respondió enfadada.

–Claro, claro, mujer. Pero ayer, en particular, ¿pasó bien el aspirador por aquí?

–Sí, muy bien. Había un cenicero en el suelo y la alfombra estaba muy sucia, toda llena de ceniza y colillas...

–Gracias, Digna –dijo Alberto.

–Pero... No entiendo. ¿Qué relación tiene el aspirador con...?

–Todavía no lo sabemos, Digna, pero gracias por todo.

Digna volvió a su trabajo muerta de curiosidad.

–Lola, ¿qué quieres saber? –me preguntó entonces Alberto–. Yo tampoco lo entiendo muy bien.

–Pues, muy fácil. Quiero saber si alguien perdió anoche ese brillante.

–Entiendo... Pues parece que sí, ¿no?

–Eso parece. Y a lo mejor fue el asesino.

12

Por la noche llegué a casa muy cansada. Vivo sola en el Madrid de los Austrias[20], en la Plaza de la Paja. Me gusta Madrid y me gusta mi barrio, un barrio céntrico pero tranquilo. En el balcón estaba mi vecina y amiga Carmela. Carmela es una mujer mayor, vasca y, como buena vasca, muy buena cocinera[21]. Ella y yo nos llevamos muy bien. Es casi como una segunda madre. Muchas noches me invita a comer porque sabe que, si estoy sola, no como casi nada.

–¿Subes a cenar?

Me gritó desde el balcón.

–Tengo bacalao al pil pil[22].

–Vale, de acuerdo, ahora subo. Me doy una ducha y subo.

Cuando tengo un caso difícil, me gusta explicárselo a Carmela. Siempre me da buenas ideas.

El bacalao y hablar con Carmela me fueron muy bien. Después de cenar ya estaba más tranquila.

–Oye, y ese pobre chico, Alberto, y tú no... –me preguntó Carmela que siempre quiere casarme.

–No, Carmela. No hay nada. Ya te he dicho que fuimos novios en la Universidad pero ahora, nada...

–Pues por lo que dices, es un chico estupendo, con un buen trabajo y...

–¡Carmela...!

–Vale, vale, me callo. ¿Y por qué dejasteis de ser novios?

–No le gusta comer. Sólo come hamburguesas.

–Ah, bueno, si es así... –respondió Carmela.

Carmela piensa que la cocina es una cosa sagrada y las hamburguesas un motivo de divorcio muy serio.

13

El jueves por la mañana llamé a Alberto.

–¿Ha llegado ya la Sra. Zabaleta? –le pregunté.

–Sí, ya está en Madrid.

–¿Cuándo puedo verla?

–Yo ya le he dicho que vas a ir a verla. Te espera. Esta mañana está en su casa.

–Magnífico. ¿Tienes la dirección?

–Sí, toma nota...

Me dio una dirección en el Viso[23].

–Te llamo luego, ¿vale?

–¿Qué hago yo?

–Nada. Mis socios, Paco y Miguel, también están trabajando. Tú tranquilo.

–Lo intentaré.

14

La casa de los Zabaleta era una casa de los años veinte. Muy grande pero un poco triste. En la puerta había dos fotógrafos, dos *paparazzi*, esperando poder hacer fotos de la viuda. En el jardín, dos perros muy grandes me miraron sin interés. Llamé al timbre y una mujer mayor abrió la puerta.

–Soy Lola Lago. La Sra. Zabaleta me está esperando.

–Pase por aquí, por favor –dijo la mujer.

La casa era magnífica pero un poco fría. «Una casa sin niños», pensé yo, mientras esperaba en la biblioteca. Al cabo de unos minutos, entró una mujer delgada de unos cuarenta años.

–Hola, ¿qué tal? –dijo dándome la mano.

–Encantada –respondí yo.

De pronto me sentí muy mal vestida al lado de la elegantísima Mª Victoria Villaencina de Zabaleta.

–Usted dirá. No creo que pueda ayudarla mucho. Ya sabe: yo estaba en Cuba... –me dijo.

–Sra. Zabaleta, usted fue la última persona que habló con él, ¿no?

–La última, no. La última fue el asesino, ¿no cree?

–Claro, claro, ya me entiende... –dije yo poniéndome roja como un tomate. Mª Victoria me daba un poco de miedo, tan bien vestida, tan elegante, tan segura...

–Yo le llamé desde mi hotel en La Habana a eso de las nueve y media hora española.

–¿Está segura de la hora?

–Sí, segura. Estaba en el bar, tomando unos mojitos[24]. En el bar del hotel, el «Habana Libre», el antiguo «Hilton»[25]. Llamé a casa y no había nadie. Luego llamé a la oficina.

–Y habló con él...

–Exacto.

–¿Y no notó nada raro?

–No. Estaba como siempre. Luego, por la tarde, fui a ver el espectáculo del cabaret del hotel, un espectáculo muy divertido, por cierto.

–O sea que la muerte fue después de las nueve y media.

–Claro.

–¿Sospecha de alguien, Sra. Zabaleta?

–No.

Me pareció, entonces, que hablaba de la muerte de su marido como de un partido de tenis o de un nuevo vestido.

–¿Qué le parece Alberto Sanjuán?

–Es una chico muy inteligente, un poco demasiado ambicioso, quizá... Pero es su cliente, ¿no?

–Sí, es mi cliente. Bueno, no la molesto más.

Tenía ganas de terminar esta conversación. Me sentía incómoda.

–¿No tiene nada más que preguntarme?

–Ahora, no. Quizá más tarde. Dentro de unos días.

–Cuando quiera –dijo con una sonrisa artificial.

Se quedó callada un momento y luego me miró y dijo:

–No debería llevar ropa de color verde, ¿sabe? No le va nada bien. Pruebe con el rojo.

Otra vez volví a sentirme muy pequeña con mi jersey verde recién comprado en las rebajas[26] de El Corte Inglés.

15

Volví en moto a la oficina. Hacía frío. Llegué a las doce y media.

Margarita, la secretaria, naturalmente, estaba hablando por teléfono con su novio. Sentado delante de Margarita, estaba Feliciano, el chico de los recados. ¡Pobre Feliciano! Está locamente enamorado de Margarita y le escribe versos. Ella no lo sabe.

–¿Ha pasado algo, Margarita?

–Paco ha llamado. Dice que viene enseguida. Miguel está en la sede del partido de Juárez, el CSP o CPS o algo así.

Al poco rato, llegó Paco.

–He hablado con Ifigenia, ¿sabes?

–Aja... Tu novia cubana...

–Ahora trabaja en el hotel más importante de La Habana, el Habana...

–El «Habana Libre».

–Eso. ¿Y tú como lo sabes?

–Fantástico. Nuestra querida Mª Victoria Villaencina de Zabaleta estuvo ahí. El martes, si es verdad lo que dice, la Sra. Zabaleta estuvo en el hotel, habló con su marido y, después, fue al cabaret. Si es que estaba en La Habana, realmente... No sé. Hay algo raro en esa mujer. Vuelve a llamar a Ifigenia. A ver si alguien vio o habló con Mª Victoria de Zabaleta.

–Entiendo, jefa.

–No soy tu jefa.

–Entiendo, nena.

–Brrrr...

16

Miguel volvió muy contento a la oficina, después de hablar personalmente con Juárez.

–A Juárez le parece muy raro lo de la carta. Está preocupado. No quiere escándalos antes de las elecciones –nos explicó.

–Sí, todo es muy raro. Quizá sólo era para despistar a la policía.

–Y para buscarle problemas a Alberto, claro.

–Sí, es posible.

Los dos nos quedamos callados un momento.

–¿Qué hacemos ahora? –me preguntó Miguel.

–Tengo que hablar con la secretaria, Banca Fanjul.

–Ah, se me olvidaba. Muy importante: un amigo que trabaja en *Semana*[27] dice que el matrimonio Zabaleta tenía muchos problemas. Cree que había algo entre Zabaleta y Blanca, su secretaria, pero no han podido hacer fotos.

–Interesante, muy interesante.

17

Por teléfono me cité con Blanca Fanjul en «Publimagen».

Blanca estaba muy tranquila. «Otra mujer fría y elegante», pensé.

–Usted era la secretaria particular de Zabaleta, ¿verdad?

–Sí.

–¿A qué hora le vio por última vez?

–A las siete. Dijo que no me necesitaba, cerró la puerta y siguió trabajando.

–¿Y luego?

–Fui a comprarme un bolso. Puedo demostrarlo. Y, luego, a casa de unos amigos. Puedo darle su número de teléfono.

–No es necesario. A la policía, quizá.

De pronto me quedé sin palabras. Acababa de ver algo muy interesante: Blanca llevaba unos pendientes de brillantes. Pendientes con forma de trébol de cuatro hojas. Intenté controlar mis nervios y decir tranquilamente:

–Ha perdido un brillante, ¿sabe?

Un segundo de pánico pasó por la cara de Blanca.

–¿Sí? A ver...

–El de la oreja derecha...

Se quitó el pendiente y lo miró con calma.

–¡Qué pena!

Me pareció que no era muy importante para ella y que estaba muy tranquila.

18

Paco está casi siempre de buen humor pero aquel día más: pudo hablar con el Inspector Gil y la canadiense, Lulú, la del chocolate, le llamó desde París. Miguel y yo escuchábamos atentamente.

–Según el médico forense la muerte fue entre las siete y las diez.

–Ya, pero la señora Zabaleta habló con él a las nueve y media.

–Bueno, pues entre las nueve y media y las diez.

Todos los empleados de «Publimagen» tienen coartadas muy claras. Bueno, todos menos Alberto. El inspector Gil dice que lo tiene bastante mal. Todo le señala a él...

–¡Dios mío! Tenemos que hacer algo, encontrar al verdadero culpable.

–Más cosas interesantes: Doña Mª Victoria Villaencina de Zabaleta no dice la verdad, está escondiendo algo.

–¿Cómo? ¿No estaba en La Habana?

–Sí, en La Habana sí, en el hotel donde trabaja mi amiga Ifigenia, pero... Te dijo que estuvo viendo el espectáculo del hotel el martes ¿no?

–Sí, eso dijo. Y que después del cabaret llamó a su marido.

–Pues no hubo espectáculo en el cabaret esa noche. Hubo un problema en el sistema de sonido y no hubo espectáculo. Ifigenia trabaja en ese espectáculo.

–Estás seguro?

–Completamente seguro.

–¡Qué raro! ¿Por qué habrá dicho eso?

–A veces cuando uno dice una mentira, necesita decir más, para decorarla, no sé... –dice Margarita la secretaria, desde su mesa–. Lo siento, la puerta está abierta y yo... bueno, no puedo ponerme algodón en los oídos, ¿no?

–Bravo, Margarita. Es una gran idea. –dijo Paco.

Feliciano la miró más enamorado que nunca y se puso a comer un inmenso bocadillo de anchoas. Feliciano se come unos doce bocadillos al día.

–No sé, no sé –dije yo–. Todavía no hay nada claro.

Les expliqué entonces lo del brillante y lo del pendiente de Blanca Fanjul.

–Pero no pudo ser ella. Blanca salió de la oficina a las siete y media y la mujer de Zabaleta habló con su marido a las nueve y media –dijo Paco.

–Sí, es verdad.

Otra vez silencio. Sólo se oía a Feliciano comer su bocadillo y una ambulancia que pasaba por la calle.

–Quiero saber más cosas de Blanca Fanjul. ¿Por qué no la seguís un poco? A mí me conoce –propuse yo.

–A tus órdenes, nena.

–No me llames «nena».

–Bueno, bueno,...

19

A las dos, mis socios, Paco y Miguel, como dos agentes secretos, leían el periódico delante de la puerta de «Publimagen».

A las dos y media, la secretaria de Ignacio Zabaleta salió de la oficina y cogió un taxi. Miguel y Paco, con mi moto, siguieron al taxi hasta el Retiro[28]. La chica bajó del taxi y entró en el parque.

Allí pasó algo raro: se sentó en un banco un momento, dejó una revista a su lado y, enseguida se levantó y se fue. Otra mujer, una mujer elegante y vestida de negro, tomó la revista del banco y se fue hacia el otro lado.

Entonces Paco y Miguel se separaron. Cada uno siguió a una de las dos mujeres. Miguel, a la mujer de negro, y Paco, a Blanca.

Blanca, en taxi, y Paco, en mi moto, volvieron a «Publimagen». Miguel volvió a nuestra oficina: había perdido a la mujer de negro. En la puerta del Parque del Retiro sólo había un taxi.

20

Miguel me explicó la extraña escena del parque. Yo al oírlo me puse a gritar:

–¡Ya está! ¡Ya está! Creo que ya lo entiendo todo.

Salí corriendo de mi oficina y empecé a buscar entre las

revistas del corazón de Margarita, la secretaria. Tiene muchas. Por fin encontré lo que buscaba: una foto. Volví con la foto y se la enseñé a Miguel. Era una fiesta de la *jet set*.

–¿Es ésta la mujer de negro? Dime, ¿es ésta? –le pregunté señalando a una mujer.

–A ver... Sí, es ella. ¿Quién es?

–Mª Victoria Villaencina de Zabaleta.

–No me digas...

–Llama enseguida al Inspector Gil. Rápido, Margarita.

21

Estaba claro que al Inspector Gil no le gustaban las mujeres detective. Y a mí tampoco me gustaba él. Tampoco le gustaba que esa jovencita, o sea yo, tuviera tantas ideas sobre la muerte de Zabaleta. Para él estaba muy claro: el asesino era Alberto Sanjuán.

–Mire, señorita, todo eso del pendiente y la llamada y... Es una teoría un poco complicada, ¿no le parece?

–Inspector, detenga a Blanca Fanjul y a Mª Victoria Villaencina. Estoy segura de que lo organizaron las dos. Voy a volver a explicárselo. Lo organizaron muy bien. Mª Victoria estaba en La Habana. Estaría muy claro que era inocente. Pero tenían que preparar una coartada para Blanca: la llamada a las nueve y media, hora española. Blanca mató a Zabaleta a las siete y cuarto o entre siete y cuarto y siete y media. Después de esa hora tenía coartadas muy claras. Y la policía nunca pensaría que Zabaleta murió antes. La Sra. Zabaleta no habló con su marido a las nueve y media. Estaba ya muerto.

–¿Y lo del brillante en el suelo de la oficina de Zabaleta? Eso no lo he entendido muy bien –dijo el Inspector Gil.

–Digna, la señora de la limpieza limpió muy bien la alfombra a las siete. Blanca entra después. Asesina a su jefe y ex amante pero pierde un brillante de su pendiente. Cierra la puerta para hacer pensar en un suicidio o que el culpable es Alberto.

–¿Por qué Alberto?

–Es el único que tiene la llave. Luego sale tranquilamente. Todo el mundo la ve salir. Su jefe, teóricamente, se ha quedado solo trabajando.

–Un buen plan... –dijo Miguel.

–Sí, pero Blanca pierde un brillante y la Sra. Zabaleta dice una mentira estúpida e innecesaria: que pasó la noche en un cabaret que estaba cerrado.

–¿Y por qué todo eso?

–Celos, dinero... Eso no lo sabemos, Inspector. Dos mujeres, pueden tener muchas razones para querer matar a un hombre. Las dos le quisieron alguna vez, las dos querían dinero... ¡Qué sé yo!

–¿Y todo eso de Juárez, el político? La carta anónima...

–Nada: otra maniobra para distraer a la policía o para acusar a Alberto.

–¿Y por qué se encontraron en el Retiro las dos mujeres? Era peligroso...

–La tercera llave. Había tres llaves, ¿no? Una en el bolsillo de Zabaleta, otra la tenía Alberto y una en casa de los Zabaleta, probablemente. Esa la usó Blanca. Pero tenía que devolvérsela a Mª Victoria. Alguien podía acordarse de esa llave, Alberto o ustedes.

–Sargento Perales.

–Sí, Inspector.

–Orden de detención para Mª Victoria Villaencina y Blanca Fanjul, acusadas de homicidio con premeditación.

22

A nuestra oficina, por la tarde, vino Alberto Sanjuán.

–Han confesado, ¿no? –le pregunté.

–Sí, todo pasó como tú pensabas. Lola... no sé cómo darte las gracias... Eres maravillosa, como detective y como mujer. Yo...

–De momento invítame a cenar esta noche, ¿vale? Pero nada de hamburguesas, ¿eh?

–¡No! Si ya no como hamburguesas... No te lo vas a creer. He aprendido a cocinar. Es mi *hobby*. Ahora estoy haciendo un curso de cocina tailandesa.

–¡No puede ser!

–Quedamos a las nueve en tu casa, ¿vale?

23

A las cinco entró Paco, mi socio, con cara triste.

–¿Qué te pasa, chico? –le pregunté yo–. Hemos resuelto el caso, ¡en cuarenta y ocho horas!

–Vuelve.

–¿Quién vuelve?

–Lulú.

–¿Cómo dices?

–Que Lulú, la canadiense, vuelve a Madrid. Dice que en París hace muy mal tiempo.

–¿Y no estás contento?

–Sí y no.

–¿Por qué? Seguro que te trae muchas cajas de bombones...

–Es que Ifigenia, la bailarina cubana viene de *tournée* a

España. Llega pasado mañana.

–¡Qué suerte tienen algunos! –dijo Miguel.

–Oye, oye... ¿Y si tú, Miguel, llevas a Lulú a Toledo[29]? Mientras tanto, yo... –empezó a decir Paco.

–Tengo un dolor de cabeza horrible –respondió Miguel–. No sé qué me pasa.

En ese momento entró en la oficina otra persona con cara de mal humor: el Sr. Ramales, el cliente de la mujer desaparecida y encontrada.

–Se ha vuelto a ir –dijo sin decir «hola».

Margarita no pudo evitarlo y preguntó.

–¿Con cuánto dinero esta vez?

Yo le lancé una mirada asesina y dije al Sr. Ramales con mi mejor sonrisa:

–Pase, pase, Sr. Ramales. Venga a mi despacho y hablamos tranquilamente. Margarita, que no nos molesten.

Paco y Miguel intentaban aguantar un ataque de risa.

NOTAS EXPLICATIVAS

(1) ¿Qué es de tu vida? Es un saludo que se utiliza en situaciones informales cuando encontramos a alguien que hace mucho tiempo que no hemos visto.

(2) Las **páginas amarillas** son unos listines de teléfono, amarillos, donde están todas las direcciones y teléfonos de las empresas y comercios.

(3) El Escorial es un monasterio que fue construido en el siglo XVI por el rey Felipe II. Está al noroeste de Madrid y en él están enterrados los reyes de España.

(4) La **calle de Alcalá** es una calle que cruza Madrid de este a oeste. En ella hay muchos bancos y edificios públicos importantes.

(5) La Castellana es una gran avenida que cruza Madrid de norte a sur. Actualmente es la zona más importante para el mundo de los negocios. Hay también muchas viviendas de lujo.

(6) La **Policía Nacional** es uno de los diversos cuerpos de policía que hay en España.

(7) Cabo, sargento, teniente e **inspector** son diferentes graduaciones en la policía.

(8) Tápies, Miralles, Arroyo y **Miró** son pintores muy importantes dentro del arte contemporáneo español.

(9) Yuppie es un anglicismo con el que, en los años 80, denominábamos a un joven ejecutivo emprendedor y de altos ingresos..

(10) Hola es una revista cuyo tema principal es la vida de los personajes famosos, especialmente, de los aristócratas. Es una de las revistas de mayor tirada en España.

(11) El Corte Inglés es la cadena de grandes almacenes más importante en España. Se encuentra en todas las grandes ciudades.

(12) El **cava** es un vino catalán elaborado con el mismo método que el champán francés.

(13) Cuando se va a cenar o comer a casa de alguien es muy corriente llevar algo, un postre o una o varias botellas de vino.

(14) Pozuelo es un pueblo cercano a Madrid. Muchos madrileños de clase media y alta han construido sus casas allí. Se encuentra al noroeste de Madrid.

(15) Nena es un término familiar que se emplea a veces para dirigirse a una mujer joven, en relaciones de mucha confianza.

(16) Muchos españoles suelen elegir **Cuba** como destino de vacaciones.

(17) Muchos restaurantes populares tienen un menú con varios platos para elegir y un precio fijo. Con la entrada del euro, la peseta dejó de estar en circulación a partir del año 2002.

(18) En Galicia, región situada al noroeste de España, se habla además de español, el gallego. A menudo, es bastante fácil reconocer el acento de los gallegos cuando hablan español.

(19) Que en paz descanse es una frase usada, casi exclusivamente por las personas mayores, al referirse a una persona que ya ha muerto.

(20) El **Madrid de los Austrias** es el centro del Madrid antiguo. Hay muchos edificios del siglo XVII y XVIII.

(21) A los vascos les gusta mucho la buena cocina. La cocina vasca es considerada una de la mejores cocinas españolas.

(22) En España se come mucho bacalao y hay muchas formas de prepararlo. El **bacalao al pil pil** es una receta vasca. Lleva una salsa a base de aceite de oliva y ajo.

(23) El **Viso** es un barrio madrileño muy lujoso. En él se encuentran muchas embajadas.

(24) El **mojito** es una bebida típica cubana a base de ron, hielo y hierbabuena.

(25) El **Hotel Habana Libre** es el hotel más importante de La Habana. Antes de la revolución cubana formaba parte de la cadena Hilton.

(26) Dos veces al año, en julio y en enero, todas la tiendas de ropa hacen **rebajas**, es decir, venden los productos a un precio mucho más bajo por ser fin de temporada. Las rebajas de El Corte Inglés son especialmente populares entre los madrileños.

(27) **Semana** es una revista femenina, de tipo sensacionalista, que se ocupa principalmente de la vida privada de los famosos.

(28) El **Retiro** es un gran parque situado en el centro de Madrid.

(29) **Toledo** es una ciudad situada al sur de Madrid. Es una ciudad monumental de gran interés histórico.

¿LO HAS ENTENDIDO BIEN?

1

Completa las frases:

a) Lola Lago trabaja en una..

....

b) Un miércoles por la mañana la llamó......................................

....

c) Alberto Sanjuán es un..

....

d) Ignacio Zabaleta era...

....

2

- ¿Quiénes son Paco y Miguel? ¿Cómo Son?
- ¿Dónde estaban aquel día Paco y Miguel?
- ¿Quién era el Sr. Ramales?

3

Une con una flecha:

A Lola	era una empresa muy importante.
En Madrid	no le gusta el invierno.
Lola	está nerviosa cuando empieza un caso.
El despacho de Alberto	era muy elegante.
Publimagen	hace frío en invierno.

4

Haz una lista de todas las cosas que Alberto le cuenta a Lola sobre la muerte de Zabaleta y que crees que son importantes.

- Blanca Fanjul, la secretaria, encontró el cadáver.
-
-
-
-
-
-
-
-

5

- ¿Qué sabes de Ignacio Zabaleta?
- ¿Cómo es la mujer de Zabaleta?
- ¿Dónde estaba el día de la muerte de su marido?
- ¿Qué hizo Alberto la noche del crimen?

6 y 7

¿Verdad o mentira?

	V	M
a) Margarita, la secretaria, siempre está hablando por teléfono con su novio.	❑	❑
b) El Sr. Ramales estaba enfadado porque no habían encontrado a su mujer.	❑	❑
c) Paco salía con una chica francesa.	❑	❑
d) Paco pensaba que en la oficina no había trabajo.	❑	❑
e) Lola se enfada a veces con Paco	❑	❑

9, 10 y 11

Completa las frases:

a) Con frecuencia, Lola, Paco y Miguel comen en.........................

b) Después de comer Lola se fue a...

c) Alberto estaba..

d) Lola y Alberto fueron a ver...

e) En el despacho de Zabaleta Lola encontró en el suelo un......

....

f) Digna era...

g) Digna hablaba..

h) Digna limpió el despacho de Zabaleta.......................................

12, 13 y 14

- ¿Dónde vive Lola?
- ¿Quién es Carmela?
- ¿Cómo se siente Lola con la Sra. Zabaleta?
- ¿Qué hizo la Sra. Zabaleta la noche del crimen?

17 y 18

¿Verdad o mentira?

	V	M
a) A Blanca le faltaba uno de los pendientes.	❑	❑
b) Blanca no tiene coartada.	❑	❑
c) La Sra. Zabaleta fue al cabaret del hotel la noche del crimen.	❑	❑
d) Feliciano está enamorado de Margarita.	❑	❑
e) Los tres detectives creían que no podía ser Blanca la asesina.	❑	❑

19

Relaciona:

Paco

Paco y Miguel

Blanca Fanjul

Una mujer de negro

Miguel

siguieron a Blanca hasta el Retiro.
tomó la revista.
siguió en moto a Blanca.
no encontró ningún taxi.
salió de la oficina y cogió un taxi.

20 y 21

Completa las frases:

a) La mujer de negro del parque era..

b) Al inspector Gil no le gustaban..

c) Las asesinas según Lola eran..

d) Blanca mató a Zabaleta a las...

e) Lo prepararon todo para que pareciera que el asesino era.....

....

f) Las dos mujeres se encontraron en el parque. Blanca tenía que darle a la Sra. Zabaleta..

22 y 23

- ¿Cuál es el *hobby* de Alberto?
- ¿Estaba contento Paco? ¿Por qué?
- ¿Qué problema tiene el Sr. Ramales?